Proverbes

La Bible

Proverbes 1

1. Proverbes de Salomon, fils de David, roi d'Israël,

2. Pour connaître la sagesse et l'instruction, Pour comprendre les paroles de l'intelligence ;

3. Pour recevoir des leçons de bon sens, De justice, d'équité et de droiture ;

4. Pour donner aux simples du discernement, Au jeune homme de la connaissance et de la réflexion.

5. Que le sage écoute, et il augmentera son savoir, Et celui qui est intelligent acquerra de l'habileté,

6. Pour saisir le sens d'un proverbe ou d'une énigme, Des paroles des sages et de leurs sentences.

7. La crainte de l'Éternel est le commencement de la science ; Les insensés méprisent la sagesse et l'instruction.

8. Écoute, mon fils, l'instruction de ton père, Et ne rejette pas l'enseignement de ta mère ;

9. Car c'est une couronne de grâce pour ta tête, Et une parure pour ton cou.

10. Mon fils, si des pécheurs veulent te séduire, Ne te laisse pas gagner.

11. S'ils disent : Viens avec nous ! dressons des embûches, versons du sang, Tendons des pièges à celui qui se repose en vain sur son innocence,

12. Engloutissons-les tout vifs, comme le séjour des morts, Et tout entiers, comme ceux qui descendent dans la fosse ;

13. Nous trouverons toute sorte de biens précieux, Nous remplirons de butin nos maisons ;

14. Tu auras ta part avec nous, Il n'y aura qu'une bourse pour nous tous !

15. Mon fils, ne te mets pas en chemin avec eux, Détourne ton pied de leur sentier ;
16. Car leurs pieds courent au mal, Et ils ont hâte de répandre le sang.
17. Mais en vain jette-t-on le filet Devant les yeux de tout ce qui a des ailes ;
18. Et eux, c'est contre leur propre sang qu'ils dressent des embûches, C'est à leur âme qu'ils tendent des pièges.
19. Ainsi arrive-t-il à tout homme avide de gain ; La cupidité cause la perte de ceux qui s'y livrent.
20. La sagesse crie dans les rues, Elle élève sa voix dans les places :
21. Elle crie à l'entrée des lieux bruyants ; Aux portes, dans la ville, elle fait entendre ses paroles :
22. Jusqu'à quand, stupides, aimerez-vous la stupidité ? Jusqu'à quand les moqueurs se plairont-ils à la moquerie, Et les insensés haïront-ils la science ?
23. Tournez-vous pour écouter mes réprimandes ! Voici, je répandrai sur vous mon esprit, Je vous ferez connaître mes paroles...
24. Puisque j'appelle et que vous résistez, Puisque j'étends ma main et que personne n'y prend garde,
25. Puisque vous rejetez tous mes conseils, Et que vous n'aimez pas mes réprimandes,
26. Moi aussi, je rirai quand vous serez dans le malheur, Je me moquerai quand la terreur vous saisira,
27. Quand la terreur vous saisira comme une tempête, Et que le malheur vous enveloppera comme un tourbillon, Quand la détresse et l'angoisse fondront sur vous.

28. Alors ils m'appelleront, et je ne répondrai pas ; Ils me chercheront, et ils ne me trouveront pas.
29. Parce qu'ils ont haï la science, Et qu'ils n'ont pas choisi la crainte de l'Éternel,
30. Parce qu'ils n'ont point aimé mes conseils, Et qu'ils ont dédaigné

toutes mes réprimandes,

31. Ils se nourriront du fruit de leur voie, Et ils se rassasieront de leurs propres conseils,

32. Car la résistance des stupides les tue, Et la sécurité des insensés les perd ;

33. Mais celui qui m'écoute reposera avec assurance, Il vivra tranquille et sans craindre aucun mal.

Proverbes 2

1. Mon fils, si tu reçois mes paroles, Et si tu gardes avec toi mes préceptes,

2. Si tu rends ton oreille attentive à la sagesse, Et si tu inclines ton coeur à l'intelligence ;

3. Oui, si tu appelles la sagesse, Et si tu élèves ta voix vers l'intelligence,

4. Si tu la cherches comme l'argent, Si tu la poursuis comme un trésor,

5. Alors tu comprendras la crainte de l'Éternel, Et tu trouveras la connaissance de Dieu.

6. Car l'Éternel donne la sagesse ; De sa bouche sortent la connaissance et l'intelligence ;

7. Il tient en réserve le salut pour les hommes droits, Un bouclier pour ceux qui marchent dans l'intégrité,

8. En protégeant les sentiers de la justice Et en gardant la voie de ses fidèles.

9. Alors tu comprendras la justice, l'équité, La droiture, toutes les routes qui mènent au bien.

10. Car la sagesse viendra dans ton coeur, Et la connaissance fera les délices de ton âme ;

11. La réflexion veillera sur toi, L'intelligence te gardera,

12. Pour te délivrer de la voie du mal, De l'homme qui tient des discours pervers,

13. De ceux qui abandonnent les sentiers de la droiture Afin de marcher dans des chemins ténébreux,

14. Qui trouvent de la jouissance à faire le mal, Qui mettent leur

plaisir dans la perversité,

15. Qui suivent des sentiers détournés, Et qui prennent des routes tortueuses ;

16. Pour te délivrer de la femme étrangère, De l'étrangère qui emploie des paroles doucereuses,

17. Qui abandonne l'ami de sa jeunesse, Et qui oublie l'alliance de son Dieu ;

18. Car sa maison penche vers la mort, Et sa route mène chez les morts :

19. Aucun de ceux qui vont à elle ne revient, Et ne retrouve les sentiers de la vie.

20. Tu marcheras ainsi dans la voie des gens de bien, Tu garderas les sentiers des justes.

21. Car les hommes droits habiteront le pays, Les hommes intègres y resteront ;

22. Mais les méchants seront retranchés du pays, Les infidèles en seront arrachés.

Proverbes 3

1. Mon fils, n'oublie pas mes enseignements, Et que ton coeur garde mes préceptes ;
2. Car ils prolongeront les jours et les années de ta vie, Et ils augmenteront ta paix.
3. Que la bonté et la fidélité ne t'abandonnent pas ; Lie-les à ton cou, écris-les sur la table de ton coeur.
4. Tu acquerras ainsi de la grâce et une raison saine, Aux yeux de Dieu et des hommes.
5. Confie-toi en l'Éternel de tout ton coeur, Et ne t'appuie pas sur ta sagesse ;
6. Reconnais-le dans toutes tes voies, Et il aplanira tes sentiers.
7. Ne sois point sage à tes propres yeux, Crains l'Éternel, et détourne-toi du mal :
8. Ce sera la santé pour tes muscles, Et un rafraîchissement pour tes os.
9. Honore l'Éternel avec tes biens, Et avec les prémices de tout ton revenu :
10. Alors tes greniers seront remplis d'abondance, Et tes cuves regorgeront de moût.
11. Mon fils, ne méprise pas la correction de l'Éternel, Et ne t'effraie point de ses châtiments ;
12. Car l'Éternel châtie celui qu'il aime, Comme un père l'enfant qu'il chérit.
13. Heureux l'homme qui a trouvé la sagesse, Et l'homme qui possède l'intelligence !
14. Car le gain qu'elle procure est préférable à celui de l'argent, Et le

profit qu'on en tire vaut mieux que l'or ;

15. Elle est plus précieuse que les perles, Elle a plus de valeur que tous les objets de prix.
16. Dans sa droite est une longue vie ; Dans sa gauche, la richesse et la gloire.
17. Ses voies sont des voies agréables, Et tous ses sentiers sont paisibles.
18. Elle est un arbre de vie pour ceux qui la saisissent, Et ceux qui la possèdent sont heureux.
19. C'est par la sagesse que l'Éternel a fondé la terre, C'est par l'intelligence qu'il a affermi les cieux ;
20. C'est par sa science que les abîmes se sont ouverts, Et que les nuages distillent la rosée.
21. Mon fils, que ces enseignements ne s'éloignent pas de tes yeux, Garde la sagesse et la réflexion :
22. Elles seront la vie de ton âme, Et l'ornement de ton cou.
23. Alors tu marcheras avec assurance dans ton chemin, Et ton pied ne heurtera pas.
24. Si tu te couches, tu seras sans crainte ; Et quand tu seras couché, ton sommeil sera doux.
25. Ne redoute ni une terreur soudaine, Ni une attaque de la part des méchants ;
26. Car l'Éternel sera ton assurance, Et il préservera ton pied de toute embûche.
27. Ne refuse pas un bienfait à celui qui y a droit, Quand tu as le pouvoir de l'accorder.
28. Ne dis pas à ton prochain : Va et reviens, Demain je donnerai ! quand tu as de quoi donner.
29. Ne médite pas le mal contre ton prochain, Lorsqu'il demeure tranquillement près de toi.

30. Ne conteste pas sans motif avec quelqu'un, Lorsqu'il ne t'a point fait de mal.
31. Ne porte pas envie à l'homme violent, Et ne choisis aucune de ses voies.

32. Car l'Éternel a en horreur les hommes pervers, Mais il est un ami pour les hommes droits ;
33. La malédiction de l'Éternel est dans la maison du méchant, Mais il bénit la demeure des justes ;
34. Il se moque des moqueurs, Mais il fait grâce aux humbles ;
35. Les sages hériteront la gloire, Mais les insensés ont la honte en partage.

Proverbes 4

1. Écoutez, mes fils, l'instruction d'un père, Et soyez attentifs, pour connaître la sagesse ;
2. Car je vous donne de bons conseils : Ne rejetez pas mon enseignement.
3. J'étais un fils pour mon père, Un fils tendre et unique auprès de ma mère.
4. Il m'instruisait alors, et il me disait : Que ton coeur retienne mes paroles ; Observe mes préceptes, et tu vivras.
5. Acquiers la sagesse, acquiers l'intelligence ; N'oublie pas les paroles de ma bouche, et ne t'en détourne pas.
6. Ne l'abandonne pas, et elle te gardera ; Aime-la, et elle te protégera.
7. Voici le commencement de la sagesse : Acquiers la sagesse, Et avec tout ce que tu possèdes acquiers l'intelligence.
8. Exalte-la, et elle t'élèvera ; Elle fera ta gloire, si tu l'embrasses ;
9. Elle mettra sur ta tête une couronne de grâce, Elle t'ornera d'un magnifique diadème.
10. Écoute, mon fils, et reçois mes paroles ; Et les années de ta vie se multiplieront.
11. Je te montre la voie de la sagesse, Je te conduis dans les sentiers de la droiture.
12. Si tu marches, ton pas ne sera point gêné ; Et si tu cours, tu ne chancelleras point.
13. Retiens l'instruction, ne t'en dessaisis pas ; Garde-la, car elle est ta vie.
14. N'entre pas dans le sentier des méchants, Et ne marche pas dans

la voie des hommes mauvais.

15. Évite-la, n'y passe point ; Détourne-t'en, et passe outre.
16. Car ils ne dormiraient pas s'ils n'avaient fait le mal, Le sommeil leur serait ravi s'ils n'avaient fait tomber personne ;
17. Car c'est le pain de la méchanceté qu'ils mangent, C'est le vin de la violence qu'ils boivent.
18. Le sentier des justes est comme la lumière resplendissante, Dont l'éclat va croissant jusqu'au milieu du jour.
19. La voie des méchants est comme les ténèbres ; Ils n'aperçoivent pas ce qui les fera tomber.
20. Mon fils, sois attentif à mes paroles, Prête l'oreille à mes discours.
21. Qu'ils ne s'éloignent pas de tes yeux ; Garde-les dans le fond de ton coeur ;
22. Car c'est la vie pour ceux qui les trouvent, C'est la santé pour tout leur corps.
23. Garde ton coeur plus que toute autre chose, Car de lui viennent les sources de la vie.
24. Écarte de ta bouche la fausseté, Éloigne de tes lèvres les détours.
25. Que tes yeux regardent en face, Et que tes paupières se dirigent devant toi.
26. Considère le chemin par où tu passes, Et que toutes tes voies soient bien réglées ;
27. N'incline ni à droite ni à gauche, Et détourne ton pied du mal.

Proverbes 5

1. Mon fils, sois attentif à ma sagesse, Prête l'oreille à mon intelligence,
2. Afin que tu conserves la réflexion, Et que tes lèvres gardent la connaissance.
3. Car les lèvres de l'étrangère distillent le miel, Et son palais est plus doux que l'huile ;
4. Mais à la fin elle est amère comme l'absinthe, Aiguë comme un glaive à deux tranchants.
5. Ses pieds descendent vers la mort, Ses pas atteignent le séjour des morts.
6. Afin de ne pas considérer le chemin de la vie, Elle est errante dans ses voies, elle ne sait où elle va.
7. Et maintenant, mes fils, écoutez-moi, Et ne vous écartez pas des paroles de ma bouche.
8. Éloigne-toi du chemin qui conduit chez elle, Et ne t'approche pas de la porte de sa maison,
9. De peur que tu ne livres ta vigueur à d'autres, Et tes années à un homme cruel ;
10. De peur que des étrangers ne se rassasient de ton bien, Et du produit de ton travail dans la maison d'autrui ;
11. De peur que tu ne gémisses, près de ta fin, Quand ta chair et ton corps se consumeront,
12. Et que tu ne dises : Comment donc ai-je pu haïr la correction, Et comment mon coeur a-t-il dédaigné la réprimande ?
13. Comment ai-je pu ne pas écouter la voix de mes maîtres, Ne pas prêter l'oreille à ceux qui m'instruisaient ?

14. Peu s'en est fallu que je n'aie éprouvé tous les malheurs Au milieu du peuple et de l'assemblée.

15. Bois les eaux de ta citerne, Les eaux qui sortent de ton puits.
16. Tes sources doivent-elles se répandre au dehors ? Tes ruisseaux doivent ils couler sur les places publiques ?
17. Qu'ils soient pour toi seul, Et non pour des étrangers avec toi.
18. Que ta source soit bénie, Et fais ta joie de la femme de ta jeunesse,
19. Biche des amours, gazelle pleine de grâce : Sois en tout temps enivré de ses charmes, Sans cesse épris de son amour.
20. Et pourquoi, mon fils, serais-tu épris d'une étrangère, Et embrasserais-tu le sein d'une inconnue ?
21. Car les voies de l'homme sont devant les yeux de l'Éternel, Qui observe tous ses sentiers.
22. Le méchant est pris dans ses propres iniquités, Il est saisi par les liens de son péché.
23. Il mourra faute d'instruction, Il chancellera par l'excès de sa folie.

Proverbes 6

1. Mon fils, si tu as cautionné ton prochain, Si tu t'es engagé pour autrui,
2. Si tu es enlacé par les paroles de ta bouche, Si tu es pris par les paroles de ta bouche,
3. Fais donc ceci, mon fils, dégage-toi, Puisque tu es tombé au pouvoir de ton prochain ; Va, prosterne-toi, et fais des instances auprès de lui ;
4. Ne donne ni sommeil à tes yeux, Ni assoupissement à tes paupières ;
5. Dégage-toi comme la gazelle de la main du chasseur, Comme l'oiseau de la main de l'oiseleur.
6. Va vers la fourmi, paresseux ; Considère ses voies, et deviens sage.
7. Elle n'a ni chef, Ni inspecteur, ni maître ;
8. Elle prépare en été sa nourriture, Elle amasse pendant la moisson de quoi manger.
9. Paresseux, jusqu'à quand seras-tu couché ? Quand te lèveras-tu de ton sommeil ?
10. Un peu de sommeil, un peu d'assoupissement, Un peu croiser les mains pour dormir !...
11. Et la pauvreté te surprendra, comme un rôdeur, Et la disette, comme un homme en armes.
12. L'homme pervers, l'homme inique, Marche la fausseté dans la bouche ;
13. Il cligne des yeux, parle du pied, Fait des signes avec les doigts ;
14. La perversité est dans son coeur, Il médite le mal en tout temps, Il excite des querelles.

15. Aussi sa ruine arrivera-t-elle subitement ; Il sera brisé tout d'un coup, et sans remède.

16. Il y a six choses que hait l'Éternel, Et même sept qu'il a en horreur ;

17. Les yeux hautains, la langue menteuse, Les mains qui répandent le sang innocent,

18. Le coeur qui médite des projets iniques, Les pieds qui se hâtent de courir au mal,

19. Le faux témoin qui dit des mensonges, Et celui qui excite des querelles entre frères.

20. Mon fils, garde les préceptes de ton père, Et ne rejette pas l'enseignement de ta mère.

21. Lie-les constamment sur ton coeur, Attache-les à ton cou.

22. Ils te dirigeront dans ta marche, Ils te garderont sur ta couche, Ils te parleront à ton réveil.

23. Car le précepte est une lampe, et l'enseignement une lumière, Et les avertissements de la correction sont le chemin de la vie :

24. Ils te préserveront de la femme corrompue, De la langue doucereuse de l'étrangère.

25. Ne la convoite pas dans ton coeur pour sa beauté, Et ne te laisse pas séduire par ses paupières.

26. Car pour la femme prostituée on se réduit à un morceau de pain, Et la femme mariée tend un piège à la vie précieuse.

27. Quelqu'un mettra-t-il du feu dans son sein, Sans que ses vêtements s'enflamment ?

28. Quelqu'un marchera-t-il sur des charbons ardents, Sans que ses pieds soient brûlés ?

29. Il en est de même pour celui qui va vers la femme de son prochain : Quiconque la touche ne restera pas impuni.

30. On ne tient pas pour innocent le voleur qui dérobe Pour satisfaire son appétit, quand il a faim ;

31. Si on le trouve, il fera une restitution au septuple, Il donnera tout ce qu'il a dans sa maison.

32. Mais celui qui commet un adultère avec une femme est dépourvu

de sens, Celui qui veut se perdre agit de la sorte ;
33. Il n'aura que plaie et ignominie, Et son opprobre ne s'effacera point.
34. Car la jalousie met un homme en fureur, Et il est sans pitié au jour de la vengeance ;
35. Il n'a égard à aucune rançon, Et il est inflexible, quand même tu multiplierais les dons.

Proverbes 7

1. Mon fils, retiens mes paroles, Et garde avec toi mes préceptes.

2. Observe mes préceptes, et tu vivras ; Garde mes enseignements comme la prunelle de tes yeux.

3. Lie-les sur tes doigts, Écris-les sur la table de ton coeur.

4. Dis à la sagesse : Tu es ma soeur ! Et appelle l'intelligence ton amie,

5. Pour qu'elles te préservent de la femme étrangère, De l'étrangère qui emploie des paroles doucereuses.

6. J'étais à la fenêtre de ma maison, Et je regardais à travers mon treillis.

7. J'aperçus parmi les stupides, Je remarquai parmi les jeunes gens un garçon dépourvu de sens.

8. Il passait dans la rue, près de l'angle où se tenait une de ces étrangères, Et il se dirigeait lentement du côté de sa demeure :

9. C'était au crépuscule, pendant la soirée, Au milieu de la nuit et de l'obscurité.

10. Et voici, il fut abordé par une femme Ayant la mise d'une prostituée et la ruse dans le coeur.

11. Elle était bruyante et rétive ; Ses pieds ne restaient point dans sa maison ;

12. Tantôt dans la rue, tantôt sur les places, Et près de tous les angles, elle était aux aguets.

13. Elle le saisit et l'embrassa, Et d'un air effronté lui dit :

14. Je devais un sacrifice d'actions de grâces, Aujourd'hui j'ai accompli mes voeux.

15. C'est pourquoi je suis sortie au-devant de toi Pour te chercher, et

je t'ai trouvé.

16. J'ai orné mon lit de couvertures, De tapis de fil d'Égypte ;
17. J'ai parfumé ma couche De myrrhe, d'aloès et de cinnamome.
18. Viens, enivrons-nous d'amour jusqu'au matin, Livrons-nous joyeusement à la volupté.
19. Car mon mari n'est pas à la maison, Il est parti pour un voyage lointain ;
20. Il a pris avec lui le sac de l'argent, Il ne reviendra à la maison qu'à la nouvelle lune.
21. Elle le séduisit à force de paroles, Elle l'entraîna par ses lèvres doucereuses.
22. Il se mit tout à coup à la suivre, Comme le boeuf qui va à la boucherie, Comme un fou qu'on lie pour le châtier,
23. Jusqu'à ce qu'une flèche lui perce le foie, Comme l'oiseau qui se précipite dans le filet, Sans savoir que c'est au prix de sa vie.
24. Et maintenant, mes fils, écoutez-moi, Et soyez attentifs aux paroles de ma bouche.
25. Que ton coeur ne se détourne pas vers les voies d'une telle femme, Ne t'égare pas dans ses sentiers.
26. Car elle a fait tomber beaucoup de victimes, Et ils sont nombreux, tous ceux qu'elle a tués.
27. Sa maison, c'est le chemin du séjour des morts ; Il descend vers les demeures de la mort.

Proverbes 8

1. La sagesse ne crie-t-elle pas ? L'intelligence n'élève-t-elle pas sa voix ?

2. C'est au sommet des hauteurs près de la route, C'est à la croisée des chemins qu'elle se place ;

3. A côté des portes, à l'entrée de la ville, A l'intérieur des portes, elle fait entendre ses cris :

4. Hommes, c'est à vous que je crie, Et ma voix s'adresse aux fils de l'homme.

5. Stupides, apprenez le discernement ; Insensés, apprenez l'intelligence.

6. Écoutez, car j'ai de grandes choses à dire, Et mes lèvres s'ouvrent pour enseigner ce qui est droit.

7. Car ma bouche proclame la vérité, Et mes lèvres ont en horreur le mensonge ;

8. Toutes les paroles de ma bouche sont justes, Elles n'ont rien de faux ni de détourné ;

9. Toutes sont claires pour celui qui est intelligent, Et droites pour ceux qui ont trouvé la science.

10. Préférez mes instructions à l'argent, Et la science à l'or le plus précieux ;

11. Car la sagesse vaut mieux que les perles, Elle a plus de valeur que tous les objets de prix.

12. Moi, la sagesse, j'ai pour demeure le discernement, Et je possède la science de la réflexion.

13. La crainte de l'Éternel, c'est la haine du mal ; L'arrogance et l'orgueil, la voie du mal, Et la bouche perverse, voilà ce que je hais.

14. Le conseil et le succès m'appartiennent ; Je suis l'intelligence, la force est à moi.

15. Par moi les rois règnent, Et les princes ordonnent ce qui est juste ;
16. Par moi gouvernent les chefs, Les grands, tous les juges de la terre.
17. J'aime ceux qui m'aiment, Et ceux qui me cherchent me trouvent.
18. Avec moi sont la richesse et la gloire, Les biens durables et la justice.
19. Mon fruit est meilleur que l'or, que l'or pur, Et mon produit est préférable à l'argent.
20. Je marche dans le chemin de la justice, Au milieu des sentiers de la droiture,
21. Pour donner des biens à ceux qui m'aiment, Et pour remplir leurs trésors.
22. L'Éternel m'a créée la première de ses oeuvres, Avant ses oeuvres les plus anciennes.
23. J'ai été établie depuis l'éternité, Dès le commencement, avant l'origine de la terre.
24. Je fus enfantée quand il n'y avait point d'abîmes, Point de sources chargées d'eaux ;
25. Avant que les montagnes soient affermies, Avant que les collines existent, je fus enfantée ;
26. Il n'avait encore fait ni la terre, ni les campagnes, Ni le premier atome de la poussière du monde.
27. Lorsqu'il disposa les cieux, j'étais là ; Lorsqu'il traça un cercle à la surface de l'abîme,
28. Lorsqu'il fixa les nuages en haut, Et que les sources de l'abîme jaillirent avec force,

29. Lorsqu'il donna une limite à la mer, Pour que les eaux n'en franchissent pas les bords, Lorsqu'il posa les fondements de la terre,
30. J'étais à l'oeuvre auprès de lui, Et je faisais tous les jours ses délices, Jouant sans cesse en sa présence,
31. Jouant sur le globe de sa terre, Et trouvant mon bonheur parmi les

fils de l'homme.

32. Et maintenant, mes fils, écoutez-moi, Et heureux ceux qui observent mes voies !

33. Écoutez l'instruction, pour devenir sages, Ne la rejetez pas.

34. Heureux l'homme qui m'écoute, Qui veille chaque jour à mes portes, Et qui en garde les poteaux !

35. Car celui qui me trouve a trouvé la vie, Et il obtient la faveur de l'Éternel.

36. Mais celui qui pèche contre moi nuit à son âme ; Tous ceux qui me haïssent aiment la mort.

Proverbes 9

1. La sagesse a bâti sa maison, Elle a taillé ses sept colonnes.

2. Elle a égorgé ses victimes, mêlé son vin, Et dressé sa table.

3. Elle a envoyé ses servantes, elle crie Sur le sommet des hauteurs de la ville :

4. Que celui qui est stupide entre ici ! Elle dit à ceux qui sont dépourvus de sens :

5. Venez, mangez de mon pain, Et buvez du vin que j'ai mêlé ;

6. Quittez la stupidité, et vous vivrez, Et marchez dans la voie de l'intelligence !

7. Celui qui reprend le moqueur s'attire le dédain, Et celui qui corrige le méchant reçoit un outrage.

8. Ne reprends pas le moqueur, de crainte qu'il ne te haïsse ; Reprends le sage, et il t'aimera.

9. Donne au sage, et il deviendra plus sage ; Instruis le juste, et il augmentera son savoir.

10. Le commencement de la sagesse, c'est la crainte de l'Éternel ; Et la science des saints, c'est l'intelligence.

11. C'est par moi que tes jours se multiplieront, Et que les années de ta vie augmenteront.

12. Si tu es sage, tu es sage pour toi ; Si tu es moqueur, tu en porteras seul la peine.

13. La folie est une femme bruyante, Stupide et ne sachant rien.

14. Elle s'assied à l'entrée de sa maison, Sur un siège, dans les hauteurs de la ville,

15. Pour crier aux passants, Qui vont droit leur chemin :

16. Que celui qui est stupide entre ici ! Elle dit à celui qui est dépourvu de sens :

17. Les eaux dérobées sont douces, Et le pain du mystère est agréable !

18. Et il ne sait pas que là sont les morts, Et que ses invités sont dans les vallées du séjour des morts.

Proverbes 10

1. Proverbes de Salomon. Un fils sage fait la joie d'un père, Et un fils insensé le chagrin de sa mère.

2. Les trésors de la méchanceté ne profitent pas, Mais la justice délivre de la mort.

3. L'Éternel ne laisse pas le juste souffrir de la faim, Mais il repousse l'avidité des méchants.

4. Celui qui agit d'une main lâche s'appauvrit, Mais la main des diligents enrichit.

5. Celui qui amasse pendant l'été est un fils prudent, Celui qui dort pendant la moisson est un fils qui fait honte.

6. Il y a des bénédictions sur la tête du juste, Mais la violence couvre la bouche des méchants.

7. La mémoire du juste est en bénédiction, Mais le nom des méchants tombe en pourriture.

8. Celui qui est sage de coeur reçoit les préceptes, Mais celui qui est insensé des lèvres court à sa perte.

9. Celui qui marche dans l'intégrité marche avec assurance, Mais celui qui prend des voies tortueuses sera découvert.

10. Celui qui cligne des yeux est une cause de chagrin, Et celui qui est insensé des lèvres court à sa perte.

11. La bouche du juste est une source de vie, Mais la violence couvre la bouche des méchants.

12. La haine excite des querelles, Mais l'amour couvre toutes les fautes.

13. Sur les lèvres de l'homme intelligent se trouve la sagesse, Mais la verge est pour le dos de celui qui est dépourvu de sens.

14. Les sages tiennent la science en réserve, Mais la bouche de l'insensé est une ruine prochaine.

15. La fortune est pour le riche une ville forte ; La ruine des misérables, c'est leur pauvreté.
16. L'oeuvre du juste est pour la vie, Le gain du méchant est pour le péché.
17. Celui qui se souvient de la correction prend le chemin de la vie, Mais celui qui oublie la réprimande s'égare.
18. Celui qui dissimule la haine a des lèvres menteuses, Et celui qui répand la calomnie est un insensé.
19. Celui qui parle beaucoup ne manque pas de pécher, Mais celui qui retient ses lèvres est un homme prudent.
20. La langue du juste est un argent de choix ; Le coeur des méchants est peu de chose.
21. Les lèvres du juste dirigent beaucoup d'hommes, Et les insensés meurent par défaut de raison.
22. C'est la bénédiction de l'Éternel qui enrichit, Et il ne la fait suivre d'aucun chagrin.
23. Commettre le crime paraît un jeu à l'insensé, Mais la sagesse appartient à l'homme intelligent.
24. Ce que redoute le méchant, c'est ce qui lui arrive ; Et ce que désirent les justes leur est accordé.
25. Comme passe le tourbillon, ainsi disparaît le méchant ; Mais le juste a des fondements éternels.
26. Ce que le vinaigre est aux dents et la fumée aux yeux, Tel est le paresseux pour celui qui l'envoie.
27. La crainte de l'Éternel augmente les jours, Mais les années des méchants sont abrégées.
28. L'attente des justes n'est que joie, Mais l'espérance des méchants périra.

29. La voie de l'Éternel est un rempart pour l'intégrité, Mais elle est une ruine pour ceux qui font le mal.
30. Le juste ne chancellera jamais, Mais les méchants n'habiteront pas le pays.

31. La bouche du juste produit la sagesse, Mais la langue perverse sera retranchée.
32. Les lèvres du juste connaissent la grâce, Et la bouche des méchants la perversité.

27

Proverbes 11

1. La balance fausse est en horreur à l'Éternel, Mais le poids juste lui est agréable.

2. Quand vient l'orgueil, vient aussi l'ignominie ; Mais la sagesse est avec les humbles.

3. L'intégrité des hommes droits les dirige, Mais les détours des perfides causent leur ruine.

4. Au jour de la colère, la richesse ne sert à rien ; Mais la justice délivre de la mort.

5. La justice de l'homme intègre aplanit sa voie, Mais le méchant tombe par sa méchanceté.

6. La justice des hommes droits les délivre, Mais les méchants sont pris par leur malice.

7. A la mort du méchant, son espoir périt, Et l'attente des hommes iniques est anéantie.

8. Le juste est délivré de la détresse, Et le méchant prend sa place.

9. Par sa bouche l'impie perd son prochain, Mais les justes sont délivrés par la science.

10. Quand les justes sont heureux, la ville est dans la joie ; Et quand les méchants périssent, on pousse des cris d'allégresse.

11. La ville s'élève par la bénédiction des hommes droits, Mais elle est renversée par la bouche des méchants.

12. Celui qui méprise son prochain est dépourvu de sens, Mais l'homme qui a de l'intelligence se tait.

13. Celui qui répand la calomnie dévoile les secrets, Mais celui qui a l'esprit fidèle les garde.

14. Quand la prudence fait défaut, le peuple tombe ; Et le salut est

dans le grand nombre des conseillers.

15. Celui qui cautionne autrui s'en trouve mal, Mais celui qui craint de s'engager est en sécurité.
16. Une femme qui a de la grâce obtient la gloire, Et ceux qui ont de la force obtiennent la richesse.
17. L'homme bon fait du bien à son âme, Mais l'homme cruel trouble sa propre chair.
18. Le méchant fait un gain trompeur, Mais celui qui sème la justice a un salaire véritable.
19. Ainsi la justice conduit à la vie, Mais celui qui poursuit le mal trouve la mort.
20. Ceux qui ont le coeur pervers sont en abomination à l'Éternel, Mais ceux dont la voie est intègre lui sont agréables.
21. Certes, le méchant ne restera pas impuni, Mais la postérité des justes sera sauvée.
22. Un anneau d'or au nez d'un pourceau, C'est une femme belle et dépourvue de sens.
23. Le désir des justes, c'est seulement le bien ; L'attente des méchants, c'est la fureur.
24. Tel, qui donne libéralement, devient plus riche ; Et tel, qui épargne à l'excès, ne fait que s'appauvrir.
25. L'âme bienfaisante sera rassasiée, Et celui qui arrose sera lui-même arrosé.
26. Celui qui retient le blé est maudit du peuple, Mais la bénédiction est sur la tête de celui qui le vend.
27. Celui qui recherche le bien s'attire de la faveur, Mais celui qui poursuit le mal en est atteint.
28. Celui qui se confie dans ses richesses tombera, Mais les justes verdiront comme le feuillage.

29. Celui qui trouble sa maison héritera du vent, Et l'insensé sera l'esclave de l'homme sage.
30. Le fruit du juste est un arbre de vie, Et le sage s'empare des âmes.
31. Voici, le juste reçoit sur la terre une rétribution ; Combien plus le méchant et le pécheur !

Proverbes 12

1. Celui qui aime la correction aime la science ; Celui qui hait la réprimande est stupide.
2. L'homme de bien obtient la faveur de l'Éternel, Mais l'Éternel condamne celui qui est plein de malice.
3. L'homme ne s'affermit pas par la méchanceté, Mais la racine des justes ne sera point ébranlée.
4. Une femme vertueuse est la couronne de son mari, Mais celle qui fait honte est comme la carie dans ses os.
5. Les pensées des justes ne sont qu'équité ; Les desseins des méchants ne sont que fraude.
6. Les paroles des méchants sont des embûches pour verser le sang, Mais la bouche des hommes droits est une délivrance.
7. Renversés, les méchants ne sont plus ; Et la maison des justes reste debout.
8. Un homme est estimé en raison de son intelligence, Et celui qui a le coeur pervers est l'objet du mépris.
9. Mieux vaut être d'une condition humble et avoir un serviteur Que de faire le glorieux et de manquer de pain.
10. Le juste prend soin de son bétail, Mais les entrailles des méchants sont cruelles.
11. Celui qui cultive son champ est rassasié de pain, Mais celui qui poursuit des choses vaines est dépourvu de sens.
12. Le méchant convoite ce que prennent les méchants, Mais la racine des justes donne du fruit.
13. Il y a dans le péché des lèvres un piège pernicieux, Mais le juste se tire de la détresse.

14. Par le fruit de la bouche on est rassasié de biens, Et chacun reçoit selon l'oeuvre de ses mains.

15. La voie de l'insensé est droite à ses yeux, Mais celui qui écoute les conseils est sage.
16. L'insensé laisse voir à l'instant sa colère, Mais celui qui cache un outrage est un homme prudent.
17. Celui qui dit la vérité proclame la justice, Et le faux témoin la tromperie.
18. Tel, qui parle légèrement, blesse comme un glaive ; Mais la langue des sages apporte la guérison.
19. La lèvre véridique est affermie pour toujours, Mais la langue fausse ne subsiste qu'un instant.
20. La tromperie est dans le coeur de ceux qui méditent le mal, Mais la joie est pour ceux qui conseillent la paix.
21. Aucun malheur n'arrive au juste, Mais les méchants sont accablés de maux.
22. Les lèvres fausses sont en horreur à l'Éternel, Mais ceux qui agissent avec vérité lui sont agréables.
23. L'homme prudent cache sa science, Mais le coeur des insensés proclame la folie.
24. La main des diligents dominera, Mais la main lâche sera tributaire.
25. L'inquiétude dans le coeur de l'homme l'abat, Mais une bonne parole le réjouit.
26. Le juste montre à son ami la bonne voie, Mais la voie des méchants les égare.
27. Le paresseux ne rôtit pas son gibier ; Mais le précieux trésor d'un homme, c'est l'activité.
28. La vie est dans le sentier de la justice, La mort n'est pas dans le chemin qu'elle trace.

Proverbes 13

1. Un fils sage écoute l'instruction de son père, Mais le moqueur n'écoute pas la réprimande.
2. Par le fruit de la bouche on jouit du bien ; Mais ce que désirent les perfides, c'est la violence.
3. Celui qui veille sur sa bouche garde son âme ; Celui qui ouvre de grandes lèvres court à sa perte.
4. L'âme du paresseux a des désirs qu'il ne peut satisfaire ; Mais l'âme des hommes diligents sera rassasiée.
5. Le juste hait les paroles mensongères ; Le méchant se rend odieux et se couvre de honte.
6. La justice garde celui dont la voie est intègre, Mais la méchanceté cause la ruine du pécheur.
7. Tel fait le riche et n'a rien du tout, Tel fait le pauvre et a de grands biens.
8. La richesse d'un homme sert de rançon pour sa vie, Mais le pauvre n'écoute pas la réprimande.
9. La lumière des justes est joyeuse, Mais la lampe des méchants s'éteint.
10. C'est seulement par orgueil qu'on excite des querelles, Mais la sagesse est avec ceux qui écoutent les conseils.
11. La richesse mal acquise diminue, Mais celui qui amasse peu à peu l'augmente.
12. Un espoir différé rend le coeur malade, Mais un désir accompli est un arbre de vie.
13. Celui qui méprise la parole se perd, Mais celui qui craint le précepte est récompensé.

14. L'enseignement du sage est une source de vie, Pour détourner des pièges de la mort.

15. Une raison saine a pour fruit la grâce, Mais la voie des perfides est rude.

16. Tout homme prudent agit avec connaissance, Mais l'insensé fait étalage de folie.

17. Un envoyé méchant tombe dans le malheur, Mais un messager fidèle apporte la guérison.

18. La pauvreté et la honte sont le partage de celui qui rejette la correction, Mais celui qui a égard à la réprimande est honoré.

19. Un désir accompli est doux à l'âme, Mais s'éloigner du mal fait horreur aux insensés.

20. Celui qui fréquente les sages devient sage, Mais celui qui se plaît avec les insensés s'en trouve mal.

21. Le malheur poursuit ceux qui pèchent, Mais le bonheur récompense les justes.

22. L'homme de bien a pour héritiers les enfants de ses enfants, Mais les richesses du pécheur sont réservées pour le juste.

23. Le champ que défriche le pauvre donne une nourriture abondante, Mais tel périt par défaut de justice.

24. Celui qui ménage sa verge hait son fils, Mais celui qui l'aime cherche à le corriger.

25. Le juste mange et satisfait son appétit, Mais le ventre des méchants éprouve la disette.

Proverbes 14

1. La femme sage bâtit sa maison, Et la femme insensée la renverse de ses propres mains.

2. Celui qui marche dans la droiture craint l'Éternel, Mais celui qui prend des voies tortueuses le méprise.

3. Dans la bouche de l'insensé est une verge pour son orgueil, Mais les lèvres des sages les gardent.

4. S'il n'y a pas de boeufs, la crèche est vide ; C'est à la vigueur des boeufs qu'on doit l'abondance des revenus.

5. Un témoin fidèle ne ment pas, Mais un faux témoin dit des mensonges.

6. Le moqueur cherche la sagesse et ne la trouve pas, Mais pour l'homme intelligent la science est chose facile.

7. Éloigne-toi de l'insensé ; Ce n'est pas sur ses lèvres que tu aperçois la science.

8. La sagesse de l'homme prudent, c'est l'intelligence de sa voie ; La folie des insensés, c'est la tromperie.

9. Les insensés se font un jeu du péché, Mais parmi les hommes droits se trouve la bienveillance.

10. Le coeur connaît ses propres chagrins, Et un étranger ne saurait partager sa joie.

11. La maison des méchants sera détruite, Mais la tente des hommes droits fleurira.

12. Telle voie paraît droite à un homme, Mais son issue, c'est la voie de la mort.

13. Au milieu même du rire le coeur peut être affligé, Et la joie peut finir par la détresse.

14. Celui dont le coeur s'égare se rassasie de ses voies, Et l'homme de bien se rassasie de ce qui est en lui.

15. L'homme simple croit tout ce qu'on dit, Mais l'homme prudent est attentif à ses pas.
16. Le sage a de la retenue et se détourne du mal, Mais l'insensé est arrogant et plein de sécurité.
17. Celui qui est prompt à la colère fait des sottises, Et l'homme plein de malice s'attire la haine.
18. Les simples ont en partage la folie, Et les hommes prudents se font de la science une couronne.
19. Les mauvais s'inclinent devant les bons, Et les méchants aux portes du juste.
20. Le pauvre est odieux même à son ami, Mais les amis du riche sont nombreux.
21. Celui qui méprise son prochain commet un péché, Mais heureux celui qui a pitié des misérables !
22. Ceux qui méditent le mal ne s'égarent-ils pas ? Mais ceux qui méditent le bien agissent avec bonté et fidélité.
23. Tout travail procure l'abondance, Mais les paroles en l'air ne mènent qu'à la disette.
24. La richesse est une couronne pour les sages ; La folie des insensés est toujours de la folie.
25. Le témoin véridique délivre des âmes, Mais le trompeur dit des mensonges.
26. Celui qui craint l'Éternel possède un appui ferme, Et ses enfants ont un refuge auprès de lui.
27. La crainte de l'Éternel est une source de vie, Pour détourner des pièges de la mort.
28. Quand le peuple est nombreux, c'est la gloire d'un roi ; Quand le peuple manque, c'est la ruine du prince.

29. Celui qui est lent à la colère a une grande intelligence, Mais celui qui est prompt à s'emporter proclame sa folie.
30. Un coeur calme est la vie du corps, Mais l'envie est la carie des os.

31. Opprimer le pauvre, c'est outrager celui qui l'a fait ; Mais avoir pitié de l'indigent, c'est l'honorer.

32. Le méchant est renversé par sa méchanceté, Mais le juste trouve un refuge même en sa mort.

33. Dans un coeur intelligent repose la sagesse, Mais au milieu des insensés elle se montre à découvert.

34. La justice élève une nation, Mais le péché est la honte des peuples.

35. La faveur du roi est pour le serviteur prudent, Et sa colère pour celui qui fait honte.

Proverbes 15

1. Une réponse douce calme la fureur, Mais une parole dure excite la colère.

2. La langue des sages rend la science aimable, Et la bouche des insensés répand la folie.

3. Les yeux de l'Éternel sont en tout lieu, Observant les méchants et les bons.

4. La langue douce est un arbre de vie, Mais la langue perverse brise l'âme.

5. L'insensé dédaigne l'instruction de son père, Mais celui qui a égard à la réprimande agit avec prudence.

6. Il y a grande abondance dans la maison du juste, Mais il y a du trouble dans les profits du méchant.

7. Les lèvres des sages répandent la science, Mais le coeur des insensés n'est pas droit.

8. Le sacrifice des méchants est en horreur à l'Éternel, Mais la prière des hommes droits lui est agréable.

9. La voie du méchant est en horreur à l'Éternel, Mais il aime celui qui poursuit la justice.

10. Une correction sévère menace celui qui abandonne le sentier ; Celui qui hait la réprimande mourra.

11. Le séjour des morts et l'abîme sont devant l'Éternel ; Combien plus les coeurs des fils de l'homme !

12. Le moqueur n'aime pas qu'on le reprenne, Il ne va point vers les sages.

13. Un coeur joyeux rend le visage serein ; Mais quand le coeur est triste, l'esprit est abattu.

14. Un coeur intelligent cherche la science, Mais la bouche des insensés se plaît à la folie.

15. Tous les jours du malheureux sont mauvais, Mais le coeur content est un festin perpétuel.
16. Mieux vaut peu, avec la crainte de l'Éternel, Qu'un grand trésor, avec le trouble.
17. Mieux vaut de l'herbe pour nourriture, là où règne l'amour, Qu'un boeuf engraissé, si la haine est là.
18. Un homme violent excite des querelles, Mais celui qui est lent à la colère apaise les disputes.
19. Le chemin du paresseux est comme une haie d'épines, Mais le sentier des hommes droits est aplani.
20. Un fils sage fait la joie de son père, Et un homme insensé méprise sa mère.
21. La folie est une joie pour celui qui est dépourvu de sens, Mais un homme intelligent va le droit chemin.
22. Les projets échouent, faute d'une assemblée qui délibère ; Mais ils réussissent quand il y a de nombreux conseillers.
23. On éprouve de la joie à donner une réponse de sa bouche ; Et combien est agréable une parole dite à propos !
24. Pour le sage, le sentier de la vie mène en haut, Afin qu'il se détourne du séjour des morts qui est en bas.
25. L'Éternel renverse la maison des orgueilleux, Mais il affermit les bornes de la veuve.
26. Les pensées mauvaises sont en horreur à l'Éternel, Mais les paroles agréables sont pures à ses yeux.
27. Celui qui est avide de gain trouble sa maison, Mais celui qui hait les présents vivra.
28. Le coeur du juste médite pour répondre, Mais la bouche des méchants répand des méchancetés.

29. L'Éternel s'éloigne des méchants, Mais il écoute la prière des justes.
30. Ce qui plaît aux yeux réjouit le coeur ; Une bonne nouvelle fortifie les membres.

31. L'oreille attentive aux réprimandes qui mènent à la vie Fait son séjour au milieu des sages.

32. Celui qui rejette la correction méprise son âme, Mais celui qui écoute la réprimande acquiert l'intelligence.

33. La crainte de l'Éternel enseigne la sagesse, Et l'humilité précède la gloire.

Proverbes 16

1. Les projets que forme le coeur dépendent de l'homme, Mais la réponse que donne la bouche vient de l'Éternel.

2. Toutes les voies de l'homme sont pures à ses yeux ; Mais celui qui pèse les esprits, c'est l'Éternel.

3. Recommande à l'Éternel tes oeuvres, Et tes projets réussiront.

4. L'Éternel a tout fait pour un but, Même le méchant pour le jour du malheur.

5. Tout coeur hautain est en abomination à l'Éternel ; Certes, il ne restera pas impuni.

6. Par la bonté et la fidélité on expie l'iniquité, Et par la crainte de l'Éternel on se détourne du mal.

7. Quand l'Éternel approuve les voies d'un homme, Il dispose favorablement à son égard même ses ennemis.

8. Mieux vaut peu, avec la justice, Que de grands revenus, avec l'injustice.

9. Le coeur de l'homme médite sa voie, Mais c'est l'Éternel qui dirige ses pas.

10. Des oracles sont sur les lèvres du roi : Sa bouche ne doit pas être infidèle quand il juge.

11. Le poids et la balance justes sont à l'Éternel ; Tous les poids du sac sont son ouvrage.

12. Les rois ont horreur de faire le mal, Car c'est par la justice que le trône s'affermit.

13. Les lèvres justes gagnent la faveur des rois, Et ils aiment celui qui parle avec droiture.

14. La fureur du roi est un messager de mort, Et un homme sage doit

l'apaiser.

15. La sérénité du visage du roi donne la vie, Et sa faveur est comme une pluie du printemps.

16. Combien acquérir la sagesse vaut mieux que l'or ! Combien acquérir l'intelligence est préférable à l'argent !

17. Le chemin des hommes droits, c'est d'éviter le mal ; Celui qui garde son âme veille sur sa voie.

18. L'arrogance précède la ruine, Et l'orgueil précède la chute.

19. Mieux vaut être humble avec les humbles Que de partager le butin avec les orgueilleux.

20. Celui qui réfléchit sur les choses trouve le bonheur, Et celui qui se confie en l'Éternel est heureux.

21. Celui qui est sage de coeur est appelé intelligent, Et la douceur des lèvres augmente le savoir.

22. La sagesse est une source de vie pour celui qui la possède ; Et le châtiment des insensés, c'est leur folie.

23. Celui qui est sage de coeur manifeste la sagesse par sa bouche, Et l'accroissement de son savoir paraît sur ses lèvres.

24. Les paroles agréables sont un rayon de miel, Douces pour l'âme et salutaires pour le corps.

25. Telle voie paraît droite à un homme, Mais son issue, c'est la voie de la mort.

26. Celui qui travaille, travaille pour lui, Car sa bouche l'y excite.

27. L'homme pervers prépare le malheur, Et il y a sur ses lèvres comme un feu ardent.

28. L'homme pervers excite des querelles, Et le rapporteur divise les amis.

29. L'homme violent séduit son prochain, Et le fait marcher dans une voie qui n'est pas bonne.

30. Celui qui ferme les yeux pour se livrer à des pensées perverses, Celui qui se mord les lèvres, a déjà consommé le mal.

31. Les cheveux blancs sont une couronne d'honneur ; C'est dans le chemin de la justice qu'on la trouve.

32. Celui qui est lent à la colère vaut mieux qu'un héros, Et celui qui

est maître de lui-même, que celui qui prend des villes.
33. On jette le sort dans le pan de la robe, Mais toute décision vient de l'Éternel.

Proverbes 17

1. Mieux vaut un morceau de pain sec, avec la paix, Qu'une maison pleine de viandes, avec des querelles.
2. Un serviteur prudent domine sur le fils qui fait honte, Et il aura part à l'héritage au milieu des frères.
3. Le creuset est pour l'argent, et le fourneau pour l'or ; Mais celui qui éprouve les coeurs, c'est l'Éternel.
4. Le méchant est attentif à la lèvre inique, Le menteur prête l'oreille à la langue pernicieuse.
5. Celui qui se moque du pauvre outrage celui qui l'a fait ; Celui qui se réjouit d'un malheur ne restera pas impuni.
6. Les enfants des enfants sont la couronne des vieillards, Et les pères sont la gloire de leurs enfants.
7. Les paroles distinguées ne conviennent pas à un insensé ; Combien moins à un noble les paroles mensongères !
8. Les présents sont une pierre précieuse aux yeux de qui en reçoit ; De quelque côté qu'ils se tournes, ils ont du succès.
9. Celui qui couvre une faute cherche l'amour, Et celui qui la rappelle dans ses discours divise les amis.
10. Une réprimande fait plus d'impression sur l'homme intelligent Que cent coups sur l'insensé.
11. Le méchant ne cherche que révolte, Mais un messager cruel sera envoyé contre lui.
12. Rencontre une ourse privée de ses petits, Plutôt qu'un insensé pendant sa folie.
13. De celui qui rend le mal pour le bien Le mal ne quittera point la maison.

14. Commencer une querelle, c'est ouvrir une digue ; Avant que la dispute s'anime, retire-toi.

15. Celui qui absout le coupable et celui qui condamne le juste Sont tous deux en abomination à l'Éternel.
16. A quoi sert l'argent dans la main de l'insensé ? A acheter la sagesse ?... Mais il n'a point de sens.
17. L'ami aime en tout temps, Et dans le malheur il se montre un frère.
18. L'homme dépourvu de sens prend des engagements, Il cautionne son prochain.
19. Celui qui aime les querelles aime le péché ; Celui qui élève sa porte cherche la ruine.
20. Un coeur faux ne trouve pas le bonheur, Et celui dont la langue est perverse tombe dans le malheur.
21. Celui qui donne naissance à un insensé aura du chagrin ; Le père d'un fou ne peut pas se réjouir.
22. Un coeur joyeux est un bon remède, Mais un esprit abattu dessèche les os.
23. Le méchant accepte en secret des présents, Pour pervertir les voies de la justice.
24. La sagesse est en face de l'homme intelligent, Mais les yeux de l'insensé sont à l'extrémité de la terre.
25. Un fils insensé fait le chagrin de son père, Et l'amertume de celle qui l'a enfanté.
26. Il n'est pas bon de condamner le juste à une amende, Ni de frapper les nobles à cause de leur droiture.
27. Celui qui retient ses paroles connaît la science, Et celui qui a l'esprit calme est un homme intelligent.
28. L'insensé même, quand il se tait, passe pour sage ; Celui qui ferme ses lèvres est un homme intelligent.

Proverbes 18

1. Celui qui se tient à l'écart cherche ce qui lui plaît, Il s'irrite contre tout ce qui est sage.
2. Ce n'est pas à l'intelligence que l'insensé prend plaisir, C'est à la manifestation de ses pensées.
3. Quand vient le méchant, vient aussi le mépris ; Et avec la honte, vient l'opprobre.
4. Les paroles de la bouche d'un homme sont des eaux profondes ; La source de la sagesse est un torrent qui jaillit.
5. Il n'est pas bon d'avoir égard à la personne du méchant, Pour faire tort au juste dans le jugement.
6. Les lèvres de l'insensé se mêlent aux querelles, Et sa bouche provoque les coups.
7. La bouche de l'insensé cause sa ruine, Et ses lèvres sont un piège pour son âme.
8. Les paroles du rapporteur sont comme des friandises, Elles descendent jusqu'au fond des entrailles.
9. Celui qui se relâche dans son travail Est frère de celui qui détruit.
10. Le nom de l'Éternel est une tour forte ; Le juste s'y réfugie, et se trouve en sûreté.
11. La fortune est pour le riche une ville forte ; Dans son imagination, c'est une haute muraille.
12. Avant la ruine, le coeur de l'homme s'élève ; Mais l'humilité précède la gloire.
13. Celui qui répond avant d'avoir écouté Fait un acte de folie et s'attire la confusion.
14. L'esprit de l'homme le soutient dans la maladie ; Mais l'esprit

abattu, qui le relèvera ?

15. Un coeur intelligent acquiert la science, Et l'oreille des sages cherche la science.
16. Les présents d'un homme lui élargissent la voie, Et lui donnent accès auprès des grands.
17. Le premier qui parle dans sa cause paraît juste ; Vient sa partie adverse, et on l'examine.
18. Le sort fait cesser les contestations, Et décide entre les puissants.
19. Des frères sont plus intraitables qu'une ville forte, Et leurs querelles sont comme les verrous d'un palais.
20. C'est du fruit de sa bouche que l'homme rassasie son corps, C'est du produit de ses lèvres qu'il se rassasie.
21. La mort et la vie sont au pouvoir de la langue ; Quiconque l'aime en mangera les fruits.
22. Celui qui trouve une femme trouve le bonheur ; C'est une grâce qu'il obtient de l'Éternel.
23. Le pauvre parle en suppliant, Et le riche répond avec dureté.
24. Celui qui a beaucoup d'amis les a pour son malheur, Mais il est tel ami plus attaché qu'un frère.

Proverbes 19

1. Mieux vaut le pauvre qui marche dans son intégrité, Que l'homme qui a des lèvres perverses et qui est un insensé.

2. Le manque de science n'est bon pour personne, Et celui qui précipite ses pas tombe dans le péché.

3. La folie de l'homme pervertit sa voie, Et c'est contre l'Éternel que son coeur s'irrite.

4. La richesse procure un grand nombre d'amis, Mais le pauvre est séparé de son ami.

5. Le faux témoin ne restera pas impuni, Et celui qui dit des mensonges n'échappera pas.

6. Beaucoup de gens flattent l'homme généreux, Et tous sont les amis de celui qui fait des présents.

7. Tous les frères du pauvre le haïssent ; Combien plus ses amis s'éloignent-ils de lui ! Il leur adresse des paroles suppliantes, mais ils disparaissent.

8. Celui qui acquiert du sens aime son âme ; Celui qui garde l'intelligence trouve le bonheur.

9. Le faux témoin ne restera pas impuni, Et celui qui dit des mensonges périra.

10. Il ne sied pas à un insensé de vivre dans les délices ; Combien moins à un esclave de dominer sur des princes !

11. L'homme qui a de la sagesse est lent à la colère, Et il met sa gloire à oublier les offenses.

12. La colère du roi est comme le rugissement d'un lion, Et sa faveur est comme la rosée sur l'herbe.

13. Un fils insensé est une calamité pour son père, Et les querelles

d'une femme sont une gouttière sans fin.

14. On peut hériter de ses pères une maison et des richesses, Mais une femme intelligente est un don de l'Éternel.

15. La paresse fait tomber dans l'assoupissement, Et l'âme nonchalante éprouve la faim.

16. Celui qui garde ce qui est commandé garde son âme ; Celui qui ne veille pas sur sa voie mourra.

17. Celui qui a pitié du pauvre prête à l'Éternel, Qui lui rendra selon son oeuvre.

18. Châtie ton fils, car il y a encore de l'espérance ; Mais ne désire point le faire mourir.

19. Celui que la colère emporte doit en subir la peine ; Car si tu le libères, tu devras y revenir.

20. Écoute les conseils, et reçois l'instruction, Afin que tu sois sage dans la suite de ta vie.

21. Il y a dans le coeur de l'homme beaucoup de projets, Mais c'est le dessein de l'Éternel qui s'accomplit.

22. Ce qui fait le charme d'un homme, c'est sa bonté ; Et mieux vaut un pauvre qu'un menteur.

23. La crainte de l'Éternel mène à la vie, Et l'on passe la nuit rassasié, sans être visité par le malheur.

24. Le paresseux plonge sa main dans le plat, Et il ne la ramène pas à sa bouche.

25. Frappe le moqueur, et le sot deviendra sage ; Reprends l'homme intelligent, et il comprendra la science.

26. Celui qui ruine son père et qui met en fuite sa mère Est un fils qui fait honte et qui fait rougir.

27. Cesse, mon fils, d'écouter l'instruction, Si c'est pour t'éloigner des paroles de la science.

28. Un témoin pervers se moque de la justice, Et la bouche des méchants dévore l'iniquité.

29. Les châtiments sont prêts pour les moqueurs, Et les coups pour le dos des insensés.

Proverbes 20

1. Le vin est moqueur, les boissons fortes sont tumultueuses ; Quiconque en fait excès n'est pas sage.

2. La terreur qu'inspire le roi est comme le rugissement d'un lion ; Celui qui l'irrite pèche contre lui-même.

3. C'est une gloire pour l'homme de s'abstenir des querelles, Mais tout insensé se livre à l'emportement.

4. A cause du froid, le paresseux ne laboure pas ; A la moisson, il voudrait récolter, mais il n'y a rien.

5. Les desseins dans le coeur de l'homme sont des eaux profondes, Mais l'homme intelligent sait y puiser.

6. Beaucoup de gens proclament leur bonté ; Mais un homme fidèle, qui le trouvera ?

7. Le juste marche dans son intégrité ; Heureux ses enfants après lui !

8. Le roi assis sur le trône de la justice Dissipe tout mal par son regard.

9. Qui dira : J'ai purifié mon coeur, Je suis net de mon péché ?

10. Deux sortes de poids, deux sortes d'épha, Sont l'un et l'autre en abomination à l'Éternel.

11. L'enfant laisse déjà voir par ses actions Si sa conduite sera pure et droite.

12. L'oreille qui entend, et l'oeil qui voit, C'est l'Éternel qui les a faits l'un et l'autre.

13. N'aime pas le sommeil, de peur que tu ne deviennes pauvre ; Ouvre les yeux, tu seras rassasié de pain.

14. Mauvais ! mauvais ! dit l'acheteur ; Et en s'en allant, il se félicite.

15. Il y a de l'or et beaucoup de perles ; Mais les lèvres savantes sont un objet précieux.

16. Prends son vêtement, car il a cautionné autrui ; Exige de lui des gages, à cause des étrangers.

17. Le pain du mensonge est doux à l'homme, Et plus tard sa bouche est remplie de gravier.

18. Les projets s'affermissent par le conseil ; Fais la guerre avec prudence.

19. Celui qui répand la calomnie dévoile les secrets ; Ne te mêle pas avec celui qui ouvre ses lèvres.

20. Si quelqu'un maudit son père et sa mère, Sa lampe s'éteindra au milieu des ténèbres.

21. Un héritage promptement acquis dès l'origine Ne sera pas béni quand viendra la fin.

22. Ne dis pas : Je rendrai le mal. Espère en l'Éternel, et il te délivrera.

23. L'Éternel a en horreur deux sortes de poids, Et la balance fausse n'est pas une chose bonne.

24. C'est l'Éternel qui dirige les pas de l'homme, Mais l'homme peut-il comprendre sa voie ?

25. C'est un piège pour l'homme que de prendre à la légère un engagement sacré, Et de ne réfléchir qu'après avoir fait un voeu.

26. Un roi sage dissipe les méchants, Et fait passer sur eux la roue.

27. Le souffle de l'homme est une lampe de l'Éternel ; Il pénètre jusqu'au fond des entrailles.

28. La bonté et la fidélité gardent le roi, Et il soutient son trône par la bonté.

29. La force est la gloire des jeunes gens, Et les cheveux blancs sont l'ornement des vieillards.

30. Les plaies d'une blessure sont un remède pour le méchant ; De même les coups qui pénètrent jusqu'au fond des entrailles.

Proverbes 21

1. Le coeur du roi est un courant d'eau dans la main de l'Éternel ; Il l'incline partout où il veut.

2. Toutes les voies de l'homme sont droites à ses yeux ; Mais celui qui pèse les coeurs, c'est l'Éternel.

3. La pratique de la justice et de l'équité, Voilà ce que l'Éternel préfère aux sacrifices.

4. Des regards hautains et un coeur qui s'enfle, Cette lampe des méchants, ce n'est que péché.

5. Les projets de l'homme diligent ne mènent qu'à l'abondance, Mais celui qui agit avec précipitation n'arrive qu'à la disette.

6. Des trésors acquis par une langue mensongère Sont une vanité fugitive et l'avant-coureur de la mort.

7. La violence des méchants les emporte, Parce qu'ils refusent de faire ce qui est juste.

8. Le coupable suit des voies détournées, Mais l'innocent agit avec droiture.

9. Mieux vaut habiter à l'angle d'un toit, Que de partager la demeure d'une femme querelleuse.

10. L'âme du méchant désire le mal ; Son ami ne trouve pas grâce à ses yeux.

11. Quand on châtie le moqueur, le sot devient sage ; Et quand on instruit le sage, il accueille la science.

12. Le juste considère la maison du méchant ; L'Éternel précipite les méchants dans le malheur.

13. Celui qui ferme son oreille au cri du pauvre Criera lui-même et n'aura point de réponse.

14. Un don fait en secret apaise la colère, Et un présent fait en cachette calme une fureur violente.

15. C'est une joie pour le juste de pratiquer la justice, Mais la ruine est pour ceux qui font le mal.
16. L'homme qui s'écarte du chemin de la sagesse Reposera dans l'assemblée des morts.
17. Celui qui aime la joie reste dans l'indigence ; Celui qui aime le vin et l'huile ne s'enrichit pas.
18. Le méchant sert de rançon pour le juste, Et le perfide pour les hommes droits.
19. Mieux vaut habiter dans une terre déserte, Qu'avec une femme querelleuse et irritable.
20. De précieux trésors et de l'huile sont dans la demeure du sage ; Mais l'homme insensé les engloutit.
21. Celui qui poursuit la justice et la bonté Trouve la vie, la justice et la gloire.
22. Le sage monte dans la ville des héros, Et il abat la force qui lui donnait de l'assurance.
23. Celui qui veille sur sa bouche et sur sa langue Préserve son âme des angoisses.
24. L'orgueilleux, le hautain, s'appelle un moqueur ; Il agit avec la fureur de l'arrogance.
25. Les désirs du paresseux le tuent, Parce que ses mains refusent de travailler ;
26. Tout le jour il éprouve des désirs ; Mais le juste donne sans parcimonie.
27. Le sacrifice des méchants est quelque chose d'abominable ; Combien plus quand ils l'offrent avec des pensées criminelles !
28. Le témoin menteur périra, Mais l'homme qui écoute parlera toujours.

29. Le méchant prend un air effronté, Mais l'homme droit affermit sa voie.
30. Il n'y a ni sagesse, ni intelligence, Ni conseil, en face de l'Éternel.
31. Le cheval est équipé pour le jour de la bataille, Mais la délivrance

appartient à l'Éternel.

Proverbes 22

1. La réputation est préférable à de grandes richesses, Et la grâce vaut mieux que l'argent et que l'or.

2. Le riche et le pauvre se rencontrent ; C'est l'Éternel qui les a faits l'un et l'autre.

3. L'homme prudent voit le mal et se cache, Mais les simples avancent et sont punis.

4. Le fruit de l'humilité, de la crainte de l'Éternel, C'est la richesse, la gloire et la vie.

5. Des épines, des pièges sont sur la voie de l'homme pervers ; Celui qui garde son âme s'en éloigne.

6. Instruis l'enfant selon la voie qu'il doit suivre ; Et quand il sera vieux, il ne s'en détournera pas.

7. Le riche domine sur les pauvres, Et celui qui emprunte est l'esclave de celui qui prête.

8. Celui qui sème l'iniquité moissonne l'iniquité, Et la verge de sa fureur disparaît.

9. L'homme dont le regard est bienveillant sera béni, Parce qu'il donne de son pain au pauvre.

10. Chasse le moqueur, et la querelle prendra fin ; Les disputes et les outrages cesseront.

11. Celui qui aime la pureté du coeur, Et qui a la grâce sur les lèvres, a le roi pour ami.

12. Les yeux de l'Éternel gardent la science, Mais il confond les paroles du perfide.

13. Le paresseux dit : Il y a un lion dehors ! Je serai tué dans les rues !

14. La bouche des étrangères est une fosse profonde ; Celui contre qui l'Éternel est irrité y tombera.

15. La folie est attachée au coeur de l'enfant ; La verge de la correction l'éloignera de lui.
16. Opprimer le pauvre pour augmenter son bien, C'est donner au riche pour n'arriver qu'à la disette.
17. Prête l'oreille, et écoute les paroles des sages ; Applique ton coeur à ma science.
18. Car il est bon que tu les gardes au dedans de toi, Et qu'elles soient toutes présentes sur tes lèvres.
19. Afin que ta confiance repose sur l'Éternel, Je veux t'instruire aujourd'hui, oui, toi.
20. N'ai-je pas déjà pour toi mis par écrit Des conseils et des réflexions,
21. Pour t'enseigner des choses sûres, des paroles vraies, Afin que tu répondes par des paroles vraies à celui qui t'envoie ?
22. Ne dépouille pas le pauvre, parce qu'il est pauvre, Et n'opprime pas le malheureux à la porte ;
23. Car l'Éternel défendra leur cause, Et il ôtera la vie à ceux qui les auront dépouillés.
24. Ne fréquente pas l'homme colère, Ne va pas avec l'homme violent,
25. De peur que tu ne t'habitues à ses sentiers, Et qu'ils ne deviennent un piège pour ton âme.
26. Ne sois pas parmi ceux qui prennent des engagements, Parmi ceux qui cautionnent pour des dettes ;
27. Si tu n'as pas de quoi payer, Pourquoi voudrais-tu qu'on enlève ton lit de dessous toi ?
28. Ne déplace pas la borne ancienne, Que tes pères ont posée.
29. Si tu vois un homme habile dans son ouvrage, Il se tient auprès des rois ; Il ne se tient pas auprès des gens obscurs.

Proverbes 23

1. Si tu es à table avec un grand, Fais attention à ce qui est devant toi ;
2. Mets un couteau à ta gorge, Si tu as trop d'avidité.
3. Ne convoite pas ses friandises : C'est un aliment trompeur.
4. Ne te tourmente pas pour t'enrichir, N'y applique pas ton intelligence.
5. Veux-tu poursuivre du regard ce qui va disparaître ? Car la richesse se fait des ailes, Et comme l'aigle, elle prend son vol vers les cieux.
6. Ne mange pas le pain de celui dont le regard est malveillant, Et ne convoite pas ses friandises ;
7. Car il est comme les pensées de son âme. Mange et bois, te dira-t-il ; Mais son coeur n'est point avec toi.
8. Tu vomiras le morceau que tu as mangé, Et tu auras perdu tes propos agréables.
9. Ne parle pas aux oreilles de l'insensé, Car il méprise la sagesse de tes discours.
10. Ne déplace pas la borne ancienne, Et n'entre pas dans le champ des orphelins ;
11. Car leur vengeur est puissant : Il défendra leur cause contre toi.
12. Ouvre ton coeur à l'instruction, Et tes oreilles aux paroles de la science.
13. N'épargne pas la correction à l'enfant ; Si tu le frappes de la verge, il ne mourra point.
14. En le frappant de la verge, Tu délivres son âme du séjour des morts.

15. Mon fils, si ton coeur est sage, Mon coeur à moi sera dans la joie ;

16. Mes entrailles seront émues d'allégresse, Quand tes lèvres diront ce qui est droit.

17. Que ton coeur n'envie point les pécheurs, Mais qu'il ait toujours la crainte de l'Éternel ;

18. Car il est un avenir, Et ton espérance ne sera pas anéantie.

19. Écoute, mon fils, et sois sage ; Dirige ton coeur dans la voie droite.

20. Ne sois pas parmi les buveurs de vin, Parmi ceux qui font excès des viandes :

21. Car l'ivrogne et celui qui se livre à des excès s'appauvrissent, Et l'assoupissement fait porter des haillons.

22. Écoute ton père, lui qui t'a engendré, Et ne méprise pas ta mère, quand elle est devenue vieille.

23. Acquiers la vérité, et ne la vends pas, La sagesse, l'instruction et l'intelligence.

24. Le père du juste est dans l'allégresse, Celui qui donne naissance à un sage aura de la joie.

25. Que ton père et ta mère se réjouissent, Que celle qui t'a enfanté soit dans l'allégresse !

26. Mon fils, donne-moi ton coeur, Et que tes yeux se plaisent dans mes voies.

27. Car la prostituée est une fosse profonde, Et l'étrangère un puits étroit.

28. Elle dresse des embûches comme un brigand, Et elle augmente parmi les hommes le nombre des perfides.

29. Pour qui les ah ? pour qui les hélas ? Pour qui les disputes ? pour qui les plaintes ? Pour qui les blessures sans raison ? pour qui les yeux rouges ?

30. Pour ceux qui s'attardent auprès du vin, Pour ceux qui vont déguster du vin mêlé.

31. Ne regarde pas le vin qui paraît d'un beau rouge, Qui fait des perles dans la coupe, Et qui coule aisément.

32. Il finit par mordre comme un serpent, Et par piquer comme un basilic.

33. Tes yeux se porteront sur des étrangères, Et ton coeur parlera d'une manière perverse.

34. Tu seras comme un homme couché au milieu de la mer, Comme un homme couché sur le sommet d'un mât :

35. On m'a frappé,... je n'ai point de mal !... On m'a battu,... je ne sens rien !... Quand me réveillerai-je ?... J'en veux encore !

Proverbes 24

1. Ne porte pas envie aux hommes méchants, Et ne désire pas être avec eux ;

2. Car leur coeur médite la ruine, Et leurs lèvres parlent d'iniquité.

3. C'est par la sagesse qu'une maison s'élève, Et par l'intelligence qu'elle s'affermit ;

4. C'est par la science que les chambres se remplissent De tous les biens précieux et agréables.

5. Un homme sage est plein de force, Et celui qui a de la science affermit sa vigueur ;

6. Car tu feras la guerre avec prudence, Et le salut est dans le grand nombre des conseillers.

7. La sagesse est trop élevée pour l'insensé ; Il n'ouvrira pas la bouche à la porte.

8. Celui qui médite de faire le mal S'appelle un homme plein de malice.

9. La pensée de la folie n'est que péché, Et le moqueur est en abomination parmi les hommes.

10. Si tu faiblis au jour de la détresse, Ta force n'est que détresse.

11. Délivre ceux qu'on traîne à la mort, Ceux qu'on va égorger, sauve-les !

12. Si tu dis : Ah ! nous ne savions pas !... Celui qui pèse les coeurs ne le voit-il pas ? Celui qui veille sur ton âme ne le connaît-il pas ? Et ne rendra-t-il pas à chacun selon ses oeuvres ?

13. Mon fils, mange du miel, car il est bon ; Un rayon de miel sera doux à ton palais.

14. De même, connais la sagesse pour ton âme ; Si tu la trouves, il est un avenir, Et ton espérance ne sera pas anéantie.

15. Ne tends pas méchamment des embûches à la demeure du juste, Et ne dévaste pas le lieu où il repose ;

16. Car sept fois le juste tombe, et il se relève, Mais les méchants sont précipités dans le malheur.

17. Ne te réjouis pas de la chute de ton ennemi, Et que ton coeur ne soit pas dans l'allégresse quand il chancelle,

18. De peur que l'Éternel ne le voie, que cela ne lui déplaise, Et qu'il ne détourne de lui sa colère.

19. Ne t'irrite pas à cause de ceux qui font le mal, Ne porte pas envie aux méchants ;

20. Car il n'y a point d'avenir pour celui qui fait le mal, La lampe des méchants s'éteint.

21. Mon fils, crains l'Éternel et le roi ; Ne te mêle pas avec les hommes remuants ;

22. Car soudain leur ruine surgira, Et qui connaît les châtiments des uns et des autres ?

23. Voici encore ce qui vient des sages : Il n'est pas bon, dans les jugements, d'avoir égard aux personnes.

24. Celui qui dit au méchant : Tu es juste ! Les peuples le maudissent, les nations le maudissent.

25. Mais ceux qui le châtient s'en trouvent bien, Et le bonheur vient sur eux comme une bénédiction.

26. Il baise les lèvres, Celui qui répond des paroles justes.

27. Soigne tes affaires au dehors, Mets ton champ en état, Puis tu bâtiras ta maison.

28. Ne témoigne pas à la légère contre ton prochain ; Voudrais-tu tromper par tes lèvres ?

29. Ne dis pas : Je lui ferai comme il m'a fait, Je rendrai à chacun selon ses oeuvres.

30. J'ai passé près du champ d'un paresseux, Et près de la vigne d'un homme dépourvu de sens.

31. Et voici, les épines y croissaient partout, Les ronces en couvraient la face, Et le mur de pierres était écroulé.

32. J'ai regardé attentivement, Et j'ai tiré instruction de ce que j'ai vu.
33. Un peu de sommeil, un peu d'assoupissement, Un peu croiser les mains pour dormir !...
34. Et la pauvreté te surprendra, comme un rôdeur, Et la disette, comme un homme en armes.

Proverbes 25

1. Voici encore des Proverbes de Salomon, recueillis par les gens d'Ézéchias, roi de Juda.

2. La gloire de Dieu, c'est de cacher les choses ; La gloire des rois, c'est de sonder les choses.

3. Les cieux dans leur hauteur, la terre dans sa profondeur, Et le coeur des rois, sont impénétrables.

4. Ote de l'argent les scories, Et il en sortira un vase pour le fondeur.

5. Ote le méchant de devant le roi, Et son trône s'affermira par la justice.

6. Ne t'élève pas devant le roi, Et ne prends pas la place des grands ;

7. Car il vaut mieux qu'on te dise : Monte-ici ! Que si l'on t'abaisse devant le prince que tes yeux voient.

8. Ne te hâte pas d'entrer en contestation, De peur qu'à la fin tu ne saches que faire, Lorsque ton prochain t'aura outragé.

9. Défends ta cause contre ton prochain, Mais ne révèle pas le secret d'un autre,

10. De peur qu'en l'apprenant il ne te couvre de honte, Et que ta mauvaise renommée ne s'efface pas.

11. Comme des pommes d'or sur des ciselures d'argent, Ainsi est une parole dite à propos.

12. Comme un anneau d'or et une parure d'or fin, Ainsi pour une oreille docile est le sage qui réprimande.

13. Comme la fraîcheur de la neige au temps de la moisson, Ainsi est un messager fidèle pour celui qui l'envoie ; Il restaure l'âme de son maître.

14. Comme des nuages et du vent sans pluie, Ainsi est un homme se glorifiant à tort de ses libéralités.

15. Par la lenteur à la colère on fléchit un prince, Et une langue douce peut briser des os.

16. Si tu trouves du miel, n'en mange que ce qui te suffit, De peur que tu n'en sois rassasié et que tu ne le vomisses.

17. Mets rarement le pied dans la maison de ton prochain, De peur qu'il ne soit rassasié de toi et qu'il ne te haïsse.

18. Comme une massue, une épée et une flèche aiguë, Ainsi est un homme qui porte un faux témoignage contre son prochain.

19. Comme une dent cassée et un pied qui chancelle, Ainsi est la confiance en un perfide au jour de la détresse.

20. Oter son vêtement dans un jour froid, Répandre du vinaigre sur du nitre, C'est dire des chansons à un coeur attristé.

21. Si ton ennemi a faim, donne-lui du pain à manger ; S'il a soif, donne-lui de l'eau à boire.

22. Car ce sont des charbons ardents que tu amasses sur sa tête, Et l'Éternel te récompensera.

23. Le vent du nord enfante la pluie, Et la langue mystérieuse un visage irrité.

24. Mieux vaut habiter à l'angle d'un toit, Que de partager la demeure d'une femme querelleuse.

25. Comme de l'eau fraîche pour une personne fatiguée, Ainsi est une bonne nouvelle venant d'une terre lointaine.

26. Comme une fontaine troublée et une source corrompue, Ainsi est le juste qui chancelle devant le méchant.

27. Il n'est pas bon de manger beaucoup de miel, Mais rechercher la gloire des autres est un honneur.

28. Comme une ville forcée et sans murailles, Ainsi est l'homme qui n'est pas maître de lui-même.

Proverbes 26

1. Comme la neige en été, et la pluie pendant la moisson, Ainsi la gloire ne convient pas à un insensé.

2. Comme l'oiseau s'échappe, comme l'hirondelle s'envole, Ainsi la malédiction sans cause n'a point d'effet.

3. Le fouet est pour le cheval, le mors pour l'âne, Et la verge pour le dos des insensés.

4. Ne réponds pas à l'insensé selon sa folie, De peur que tu ne lui ressembles toi-même.

5. Réponds à l'insensé selon sa folie, Afin qu'il ne se regarde pas comme sage.

6. Il se coupe les pieds, il boit l'injustice, Celui qui donne des messages à un insensé.

7. Comme les jambes du boiteux sont faibles, Ainsi est une sentence dans la bouche des insensés.

8. C'est attacher une pierre à la fronde, Que d'accorder des honneurs à un insensé.

9. Comme une épine qui se dresse dans la main d'un homme ivre, Ainsi est une sentence dans la bouche des insensés.

10. Comme un archer qui blesse tout le monde, Ainsi est celui qui prend à gage les insensés et les premiers venus.

11. Comme un chien qui retourne à ce qu'il a vomi, Ainsi est un insensé qui revient à sa folie.

12. Si tu vois un homme qui se croit sage, Il y a plus à espérer d'un insensé que de lui.

13. Le paresseux dit : Il y a un lion sur le chemin, Il y a un lion dans les rues !

14. La porte tourne sur ses gonds, Et le paresseux sur son lit.
15. Le paresseux plonge sa main dans le plat, Et il trouve pénible de la ramener à sa bouche.

16. Le paresseux se croit plus sage Que sept hommes qui répondent avec bon sens.
17. Comme celui qui saisit un chien par les oreilles, Ainsi est un passant qui s'irrite pour une querelle où il n'a que faire.
18. Comme un furieux qui lance des flammes, Des flèches et la mort,
19. Ainsi est un homme qui trompe son prochain, Et qui dit : N'était-ce pas pour plaisanter ?
20. Faute de bois, le feu s'éteint ; Et quand il n'y a point de rapporteur, la querelle s'apaise.
21. Le charbon produit un brasier, et le bois du feu ; Ainsi un homme querelleur échauffe une dispute.
22. Les paroles du rapporteur sont comme des friandises, Elles descendent jusqu'au fond des entrailles.
23. Comme des scories d'argent appliquées sur un vase de terre, Ainsi sont des lèvres brûlantes et un coeur mauvais.
24. Par ses lèvres celui qui hait se déguise, Et il met au dedans de lui la tromperie.
25. Lorsqu'il prend une voix douce, ne le crois pas, Car il y a sept abominations dans son coeur.
26. S'il cache sa haine sous la dissimulation, Sa méchanceté se révélera dans l'assemblée.
27. Celui qui creuse une fosse y tombe, Et la pierre revient sur celui qui la roule.
28. La langue fausse hait ceux qu'elle écrase, Et la bouche flatteuse prépare la ruine.

Proverbes 27

1. Ne te vante pas du lendemain, Car tu ne sais pas ce qu'un jour peut enfanter.

2. Qu'un autre te loue, et non ta bouche, Un étranger, et non tes lèvres.

3. La pierre est pesante et le sable est lourd, Mais l'humeur de l'insensé pèse plus que l'un et l'autre.

4. La fureur est cruelle et la colère impétueuse, Mais qui résistera devant la jalousie ?

5. Mieux vaut une réprimande ouverte Qu'une amitié cachée.

6. Les blessures d'un ami prouvent sa fidélité, Mais les baisers d'un ennemi sont trompeurs.

7. Celui qui est rassasié foule aux pieds le rayon de miel, Mais celui qui a faim trouve doux tout ce qui est amer.

8. Comme l'oiseau qui erre loin de son nid, Ainsi est l'homme qui erre loin de son lieu.

9. L'huile et les parfums réjouissent le coeur, Et les conseils affectueux d'un ami sont doux.

10. N'abandonne pas ton ami et l'ami de ton père, Et n'entre pas dans la maison de ton frère au jour de ta détresse ; Mieux vaut un voisin proche qu'un frère éloigné.

11. Mon fils, sois sage, et réjouis mon coeur, Et je pourrai répondre à celui qui m'outrage.

12. L'homme prudent voit le mal et se cache ; Les simples avancent et sont punis.

13. Prends son vêtement, car il a cautionné autrui ; Exige de lui des gages, à cause des étrangers.

14. Si l'on bénit son prochain à haute voix et de grand matin, Cela est envisagé comme une malédiction.

15. Une gouttière continue dans un jour de pluie Et une femme querelleuse sont choses semblables.
16. Celui qui la retient retient le vent, Et sa main saisit de l'huile.
17. Comme le fer aiguise le fer, Ainsi un homme excite la colère d'un homme.
18. Celui qui soigne un figuier en mangera le fruit, Et celui qui garde son maître sera honoré.
19. Comme dans l'eau le visage répond au visage, Ainsi le coeur de l'homme répond au coeur de l'homme.
20. Le séjour des morts et l'abîme sont insatiables ; De même les yeux de l'homme sont insatiables.
21. Le creuset est pour l'argent, et le fourneau pour l'or ; Mais un homme est jugé d'après sa renommée.
22. Quand tu pilerais l'insensé dans un mortier, Au milieu des grains avec le pilon, Sa folie ne se séparerait pas de lui.
23. Connais bien chacune de tes brebis, Donne tes soins à tes troupeaux ;
24. Car la richesse ne dure pas toujours, Ni une couronne éternellement.
25. Le foin s'enlève, la verdure paraît, Et les herbes des montagnes sont recueillies.
26. Les agneaux sont pour te vêtir, Et les boucs pour payer le champ ;
27. Le lait des chèvres suffit à ta nourriture, à celle de ta maison, Et à l'entretien de tes servantes.

Proverbes 28

1. Le méchant prend la fuite sans qu'on le poursuive, Le juste a de l'assurance comme un jeune lion.

2. Quand un pays est en révolte, les chefs sont nombreux ; Mais avec un homme qui a de l'intelligence et de la science, Le règne se prolonge.

3. Un homme pauvre qui opprime les misérables Est une pluie violente qui fait manquer le pain.

4. Ceux qui abandonnent la loi louent le méchant, Mais ceux qui observent la loi s'irritent contre lui.

5. Les hommes livrés au mal ne comprennent pas ce qui est juste, Mais ceux qui cherchent l'Éternel comprennent tout.

6. Mieux vaut le pauvre qui marche dans son intégrité, Que celui qui a des voies tortueuses et qui est riche.

7. Celui qui observe la loi est un fils intelligent, Mais celui qui fréquente les débauchés fait honte à son père.

8. Celui qui augmente ses biens par l'intérêt et l'usure Les amasse pour celui qui a pitié des pauvres.

9. Si quelqu'un détourne l'oreille pour ne pas écouter la loi, Sa prière même est une abomination.

10. Celui qui égare les hommes droits dans la mauvaise voie Tombe dans la fosse qu'il a creusée ; Mais les hommes intègres héritent le bonheur.

11. L'homme riche se croit sage ; Mais le pauvre qui est intelligent le sonde.

12. Quand les justes triomphent, c'est une grande gloire ; Quand les méchants s'élèvent, chacun se cache.

13. Celui qui cache ses transgressions ne prospère point, Mais celui qui les avoue et les délaisse obtient miséricorde.

14. Heureux l'homme qui est continuellement dans la crainte ! Mais celui qui endurcit son coeur tombe dans le malheur.
15. Comme un lion rugissant et un ours affamé, Ainsi est le méchant qui domine sur un peuple pauvre.
16. Un prince sans intelligence multiplie les actes d'oppression, Mais celui qui est ennemi de la cupidité prolonge ses jours.
17. Un homme chargé du sang d'un autre Fuit jusqu'à la fosse : qu'on ne l'arrête pas !
18. Celui qui marche dans l'intégrité trouve le salut, Mais celui qui suit deux voies tortueuses tombe dans l'une d'elles.
19. Celui qui cultive son champ est rassasié de pain, Mais celui qui poursuit des choses vaines est rassasié de pauvreté.
20. Un homme fidèle est comblé de bénédictions, Mais celui qui a hâte de s'enrichir ne reste pas impuni.
21. Il n'est pas bon d'avoir égard aux personnes, Et pour un morceau de pain un homme se livre au péché.
22. Un homme envieux a hâte de s'enrichir, Et il ne sait pas que la disette viendra sur lui.
23. Celui qui reprend les autres trouve ensuite plus de faveur Que celui dont la langue est flatteuse.
24. Celui qui vole son père et sa mère, Et qui dit : Ce n'est pas un péché ! Est le compagnon du destructeur.
25. L'orgueilleux excite les querelles, Mais celui qui se confie en l'Éternel est rassasié.
26. Celui qui a confiance dans son propre coeur est un insensé, Mais celui qui marche dans la sagesse sera sauvé.

27. Celui qui donne au pauvre n'éprouve pas la disette, Mais celui qui ferme les yeux est chargé de malédictions.
28. Quand les méchants s'élèvent, chacun se cache ; Et quand ils périssent, les justes se multiplient.

Proverbes 29

1. Un homme qui mérite d'être repris, et qui raidit le cou, Sera brisé subitement et sans remède.

2. Quand les justes se multiplient, le peuple est dans la joie ; Quand le méchant domine, le peuple gémit.

3. Un homme qui aime la sagesse réjouit son père, Mais celui qui fréquente des prostituées dissipe son bien.

4. Un roi affermit le pays par la justice, Mais celui qui reçoit des présents le ruine.

5. Un homme qui flatte son prochain Tend un filet sous ses pas.

6. Il y a un piège dans le péché de l'homme méchant, Mais le juste triomphe et se réjouit.

7. Le juste connaît la cause des pauvres, Mais le méchant ne comprend pas la science.

8. Les moqueurs soufflent le feu dans la ville, Mais les sages calment la colère.

9. Si un homme sage conteste avec un insensé, Il aura beau se fâcher ou rire, la paix n'aura pas lieu.

10. Les hommes de sang haïssent l'homme intègre, Mais les hommes droits protègent sa vie.

11. L'insensé met en dehors toute sa passion, Mais le sage la contient.

12. Quand celui qui domine a égard aux paroles mensongères, Tous ses serviteurs sont des méchants.

13. Le pauvre et l'oppresseur se rencontrent ; C'est l'Éternel qui éclaire les yeux de l'un et de l'autre.

14. Un roi qui juge fidèlement les pauvres Aura son trône affermi pour toujours.

15. La verge et la correction donnent la sagesse, Mais l'enfant livré à lui-même fait honte à sa mère.

16. Quand les méchants se multiplient, le péché s'accroît ; Mais les justes contempleront leur chute.

17. Châtie ton fils, et il te donnera du repos, Et il procurera des délices à ton âme.

18. Quand il n'y a pas de révélation, le peuple est sans frein ; Heureux s'il observe la loi !

19. Ce n'est pas par des paroles qu'on châtie un esclave ; Même s'il comprend, il n'obéit pas.

20. Si tu vois un homme irréfléchi dans ses paroles, Il y a plus à espérer d'un insensé que de lui.

21. Le serviteur qu'on traite mollement dès l'enfance Finit par se croire un fils.

22. Un homme colère excite des querelles, Et un furieux commet beaucoup de péchés.

23. L'orgueil d'un homme l'abaisse, Mais celui qui est humble d'esprit obtient la gloire.

24. Celui qui partage avec un voleur est ennemi de son âme ; Il entend la malédiction, et il ne déclare rien.

25. La crainte des hommes tend un piège, Mais celui qui se confie en l'Éternel est protégé.

26. Beaucoup de gens recherchent la faveur de celui qui domine, Mais c'est l'Éternel qui fait droit à chacun.

27. L'homme inique est en abomination aux justes, Et celui dont la voie est droite est en abomination aux méchants.

Proverbes 30

1. Paroles d'Agur, fils de Jaké. Sentences prononcées par cet homme pour Ithiel, pour Ithiel et pour Ucal.

2. Certes, je suis plus stupide que personne, Et je n'ai pas l'intelligence d'un homme ;

3. Je n'ai pas appris la sagesse, Et je ne connais pas la science des saints.

4. Qui est monté aux cieux, et qui en est descendu ? Qui a recueilli le vent dans ses mains ? Qui a serré les eaux dans son vêtement ? Qui a fait paraître les extrémités de la terre ? Quel est son nom, et quel est le nom de son fils ? Le sais-tu ?

5. Toute parole de Dieu est éprouvée. Il est un bouclier pour ceux qui cherchent en lui un refuge.

6. N'ajoute rien à ses paroles, De peur qu'il ne te reprenne et que tu ne sois trouvé menteur.

7. Je te demande deux choses : Ne me les refuse pas, avant que je meure !

8. Éloigne de moi la fausseté et la parole mensongère ; Ne me donne ni pauvreté, ni richesse, Accorde-moi le pain qui m'est nécessaire.

9. De peur que, dans l'abondance, je ne te renie Et ne dise : Qui est l'Éternel ? Ou que, dans la pauvreté, je ne dérobe, Et ne m'attaque au nom de mon Dieu.

10. Ne calomnie pas un serviteur auprès de son maître, De peur qu'il ne te maudisse et que tu ne te rendes coupable.

11. Il est une race qui maudit son père, Et qui ne bénit point sa mère.

12. Il est une race qui se croit pure, Et qui n'est pas lavée de sa souillure.

13. Il est une race dont les yeux sont hautains, Et les paupières élevées.

14. Il est une race dont les dents sont des glaives Et les mâchoires des couteaux, Pour dévorer le malheureux sur la terre Et les indigents parmi les hommes.

15. La sangsue a deux filles : Donne ! donne ! Trois choses sont insatiables, Quatre ne disent jamais : Assez !

16. Le séjour des morts, la femme stérile, La terre, qui n'est pas rassasiée d'eau, Et le feu, qui ne dit jamais : Assez !

17. L'oeil qui se moque d'un père Et qui dédaigne l'obéissance envers une mère, Les corbeaux du torrent le perceront, Et les petits de l'aigle le mangeront.

18. Il y a trois choses qui sont au-dessus de ma portée, Même quatre que je ne puis comprendre :

19. La trace de l'aigle dans les cieux, La trace du serpent sur le rocher, La trace du navire au milieu de la mer, Et la trace de l'homme chez la jeune femme.

20. Telle est la voie de la femme adultère : Elle mange, et s'essuie la bouche, Puis elle dit : Je n'ai point fait de mal.

21. Trois choses font trembler la terre, Et il en est quatre qu'elle ne peut supporter :

22. Un esclave qui vient à régner, Un insensé qui est rassasié de pain,

23. Une femme dédaignée qui se marie, Et une servante qui hérite de sa maîtresse.

24. Il y a sur la terre quatre animaux petits, Et cependant des plus sages ;

25. Les fourmis, peuple sans force, Préparent en été leur nourriture ;

26. Les damans, peuple sans puissance, Placent leur demeure dans les rochers ;

27. Les sauterelles n'ont point de roi, Et elles sortent toutes par divisions ;

28. Le lézard saisit avec les mains, Et se trouve dans les palais des rois.

29. Il y en a trois qui ont une belle allure, Et quatre qui ont une belle

démarche :

30. Le lion, le héros des animaux, Ne reculant devant qui que ce soit ;

31. Le cheval tout équipé ; ou le bouc ; Et le roi à qui personne ne résiste.

32. Si l'orgueil te pousse à des actes de folie, Et si tu as de mauvaises pensées, mets la main sur la bouche :

33. Car la pression du lait produit de la crème, La pression du nez produit du sang, Et la pression de la colère produit des querelles.

Proverbes 31

1. Paroles du roi Lemuel. Sentences par lesquelles sa mère l'instruisit.
2. Que te dirai-je, mon fils ? que te dirai-je, fils de mes entrailles ? Que te dirai-je, mon fils, objet de mes voeux ?
3. Ne livre pas ta vigueur aux femmes, Et tes voies à celles qui perdent les rois.
4. Ce n'est point aux rois, Lemuel, Ce n'est point aux rois de boire du vin, Ni aux princes de rechercher des liqueurs fortes,
5. De peur qu'en buvant ils n'oublient la loi, Et ne méconnaissent les droits de tous les malheureux.
6. Donnez des liqueurs fortes à celui qui périt, Et du vin à celui qui a l'amertume dans l'âme ;
7. Qu'il boive et oublie sa pauvreté, Et qu'il ne se souvienne plus de ses peines.
8. Ouvre ta bouche pour le muet, Pour la cause de tous les délaissés.
9. Ouvre ta bouche, juge avec justice, Et défends le malheureux et l'indigent.
10. Qui peut trouver une femme vertueuse ? Elle a bien plus de valeur que les perles.
11. Le coeur de son mari a confiance en elle, Et les produits ne lui feront pas défaut.
12. Elle lui fait du bien, et non du mal, Tous les jours de sa vie.
13. Elle se procure de la laine et du lin, Et travaille d'une main joyeuse.
14. Elle est comme un navire marchand, Elle amène son pain de loin.

15. Elle se lève lorsqu'il est encore nuit, Et elle donne la nourriture à

sa maison Et la tâche à ses servantes.

16. Elle pense à un champ, et elle l'acquiert ; Du fruit de son travail elle plante une vigne.

17. Elle ceint de force ses reins, Et elle affermit ses bras.

18. Elle sent que ce qu'elle gagne est bon ; Sa lampe ne s'éteint point pendant la nuit.

19. Elle met la main à la quenouille, Et ses doigts tiennent le fuseau.

20. Elle tend la main au malheureux, Elle tend la main à l'indigent.

21. Elle ne craint pas la neige pour sa maison, Car toute sa maison est vêtue de cramoisi.

22. Elle se fait des couvertures, Elle a des vêtements de fin lin et de pourpre.

23. Son mari est considéré aux portes, Lorsqu'il siège avec les anciens du pays.

24. Elle fait des chemises, et les vend, Et elle livre des ceintures au marchand.

25. Elle est revêtue de force et de gloire, Et elle se rit de l'avenir.

26. Elle ouvre la bouche avec sagesse, Et des instructions aimables sont sur sa langue.

27. Elle veille sur ce qui se passe dans sa maison, Et elle ne mange pas le pain de paresse.

28. Ses fils se lèvent, et la disent heureuse ; Son mari se lève, et lui donne des louanges :

29. Plusieurs filles ont une conduite vertueuse ; Mais toi, tu les surpasses toutes.

30. La grâce est trompeuse, et la beauté est vaine ; La femme qui craint l'Éternel est celle qui sera louée.

31. Récompensez-la du fruit de son travail, Et qu'aux portes ses oeuvres la louent.